Pierre Gabus
Romuald Reutimann

Der Hafen der Geheimnisse

1: Das Monster aus dem Meer

CARLSEN COMICS

Für alle, die schon immer hier gelebt haben.
Für Boub'.

Danke den Lesern des »Ersten Kreises« für ihre Hilfe und Unterstützung:
Dominique Paysant, Catherine Gentile, Laurent Gouhier und Régis Bousquet.
Danke meinem Kameraden Pierre, dass er sich hat überzeugen lassen.
Dank an André Kuenzy und Guillaume Feliu, dass sie immer alles möglich werden lassen.

R. R.

Für meine Cherbourgerinnen: Marie-Elisabeth und Jeanne. Für Marc, den ersten Leser meiner allerersten Szenarien.
Für Claude, der in seiner Jugend Maat an Bord der »Effronté« war.
Für Elisabeth – Botin, zur selben Zeit, in den Gargouilles von Briançon... Briançon, meine andere Stadt.

Ein großes Dankeschön an Dominique Paysant und Guillaume Feliu, den beiden Alleskönnern des ersten Lebens der »New Cherbourg Stories«.
Danke an André Kuenzy (den blauen Mann) sowie Laurent Gouhier (für die »Presse de la Manche«), an Brigitte und Maxime von der Buchhandlung »Champ Libre«, an das Team der Buchhandlung »Ryst« und das des »Espace Culturel Leclerc« von Tourlaville, an Michel und Annie von »Créart«, an Jean-Marie von der Buchhandlung »La Cour des Miracles« und an Fredgri.

P. G.

»Der Hafen der Geheimnisse« ist ein fiktives Werk, das eine imaginäre Version der Stadt Cherbourg-en-Corentin zeigt.

Aus dem Französischen von Thomas Schöner
NEW CHERBOURG STORIES VOL. 1 – LE MONSTRE DE QUERQUEVILLE

Redaktion: Sten Fink
Herstellung: Tobias Hametner

ISBN 978-3-551-02395-7

New Cherbourg, Strand von Querqueville...
Die Mitglieder des Damen-Schwimmvereins trainieren...
DURCHHALTEN, MÄDELS! NOCH EIN LETZTER SPRINT BIS ZU DEN FELSEN!
AAAH!!

HALT!! KOMMT NICHT NÄHER! DA IST EIN TOTES TIER AM STRAND!
MEIN GOTT! WAS IST DAS, JULIENNE?
HI!!
KEINE AHNUNG...
BEEIL DICH! DA IST IRGENDWAS PASSIERT!
DAS MÜSSEN WIR DER POLIZEI MELDEN...

Zwei Stunden später...
WELCH UNGLAUBLICHE ENTDECKUNG...
EINE ART BEHAARTER WAL! ICH WUSSTE NICHTS VON DER EXISTENZ EINES SOLCHEN TIERS...
HABEN SIE DIESES METALLTEIL IN SEINEM RÜCKEN BEMERKT?
ICH HABE NOCH NIE ETWAS VERGLEICHBARES GESEHEN. WER WEISS WIE LANGE DIESES SEEUNGEHEUER DIESE VERLETZUNG SCHON MIT SICH RUMSCHLEPPT.
DIE IST NICHT VON GESTERN... ES SCHEINT, ALS WÄRE ES IN DAS FLEISCH EINGEWACHSEN.
DAS ALLES IST ZU MERKWÜRDIG, HERR BÜRGERMEISTER! WIR MÜSSEN DIE PRESSE UND DIE SCHAULUSTIGEN FERNHALTEN!
WIR MÜSSEN DIE ARMEE BITTEN, DIESEN KADAVER DISKRET ZUM ARSENAL VON NEW CHERBOURG ZU TRANSPORTIEREN.
SO EIN JAMMER! DAS WÄRE SO EINE SCHÖNE WERBUNG FÜR UNSERE GEMEINDE GEWESEN!

Zwei Monate sind vergangen und das Ereignis scheint vergessen...
IHR TEE, FRÄULEIN FULTON.
DANKE, GEORGES!
EIN HERR BISKEMER HAT DIESE NACHRICHT FÜR SIE HINTERLASSEN.
SEHR SCHÖN!
DING DING DING DING
DING DING DING
ENTSCHULDIGEN SIE MICH! DAS PERSONAL MUSS ZUM LANDEPLATZ.

DING DING DING
Morgen, zur gewohnten Zeit
Roule Palace
PALACE NC-03
SCHNAPPT EUCH DIE LEINEN! SCHNELL!

UND ZIEHT! HAU RUCK!
HAU RUCK!
BOING
IMMER SACHTE! DADRINNEN BEFINDET SICH HOHER BESUCH!
HAU RUCK! HAU...
BOING
LOS, FREUNDE! NOCH MAL! ALLE ZUSAMMEN! HAU RUCK!
TCHAC!

BRAVO! DIESMAL HABEN WIR ES!
PERFEKT! DANKE AN ALLE! MACHT IHN AM MAST FEST, ICH GEHE AN BORD!
VERFLIXT! GRATULIERE ZU DEM MANÖVER, IHR TÖLPEL! ICH BIN ZWEIMAL MIT DEM KOPF GEGEN DAS STEUERRAD GESTOSSEN!
HALLO, EDMOND! TUT MIR LEID WEGEN DER HOPSER, ABER DU HÄTTEST DEIN FAHRGESTELL NICHT KAPUTT MACHEN SOLLEN.
WIE GEHT'S DEN VÖGELN?
ALLES GUT! DER SCHADEN HÄLT SICH IN GRENZEN!

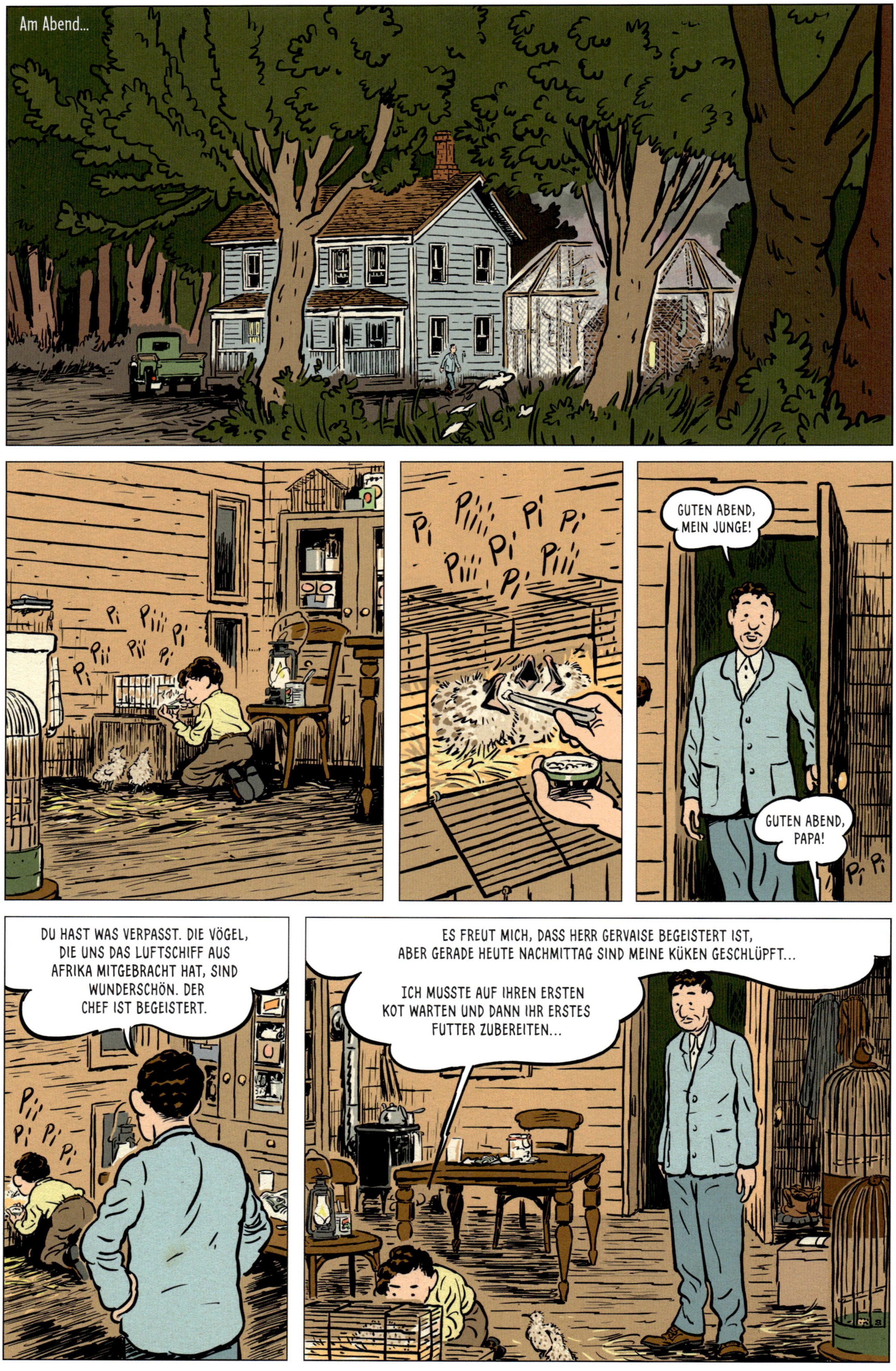
Am Abend...
Pi Pi Pi Pii Pii Pi Pi
Pi Pi Piii Pi Pi Piii Pi Piii
GUTEN ABEND, MEIN JUNGE!
GUTEN ABEND, PAPA!
Pi Pi
DU HAST WAS VERPASST. DIE VÖGEL, DIE UNS DAS LUFTSCHIFF AUS AFRIKA MITGEBRACHT HAT, SIND WUNDERSCHÖN. DER CHEF IST BEGEISTERT.
Pi Pi Pi Pi
ES FREUT MICH, DASS HERR GERVAISE BEGEISTERT IST, ABER GERADE HEUTE NACHMITTAG SIND MEINE KÜKEN GESCHLÜPFT...
ICH MUSSTE AUF IHREN ERSTEN KOT WARTEN UND DANN IHR ERSTES FUTTER ZUBEREITEN...

ICH FRAGE MICH, WIE DU DICH LIEBER MIT DEINEN MÖWEN BESCHÄF-TIGEN KANNST, WÄHREND WIR IN DEN VOLIEREN DES ROULE PALACE DIE SCHÖNSTEN VÖGEL DER WELT HABEN.
ICH HABE VOR, MEINE MÖWEN ZU DRESSIEREN... DEINE SELTENEN VÖGEL SIND DIE VÖGEL VON HERRN GERVAISE, WÄHREND DIESE MIR GEHÖREN. ES IST WICHTIG, DASS ICH DA BIN, WENN SIE SCHLÜPFEN...
Pi Pii Pi Pi
SIEH DIR DIE AN, DIE VOR ZWEI WOCHEN ZUR WELT KAMEN... SIE HALTEN MICH FÜR IHRE MUTTER.
HHM!!
WAS TUST DU IN IHR FUTTER? SIE SCHEINEN GANZ WILD DARAUF ZU SEIN...
MEHLWÜRMER UND ZERDRÜCKTE FISCH-STÜCKCHEN. ICH FÜGE ETWAS WASSER DAZU, UND DAS GIBT DIESE ART DICKEN BREI...
Pi
DAS IST SCHÖN, MEIN JUNGE! MAN MUSS DAS FUTTER IMMER ANFEUCHTEN...
UND FÜR UNS...? HAST DU ETWAS VORBEREITET ODER HAT SICH DEINE SCHWESTER DARUM GE-KÜMMERT?
HEUTE ABEND STEHT JULIENNE AM HERD.
OH, OH! DANN BLEIB ICH ZUM ESSEN VIELLEICHT HIER.

* Auf Deutsch: »Der hängende Felsen«

In derselben Nacht, im Büro der Spionageabwehr von New Cherbourg im Rathaus...
WAS?!
DIE GANZE AKTE?!
JA...
DAS SCHEINT SCHWER ZU GLAUBEN, ABER EIN VERRÄTER HAT ES GESCHAFFT EINE VOLLSTÄNDIGE KOPIE DER VERTRAULICHEN AKTE ÜBER UNSERE FREUNDE, DIE **GRÜNDLER**, RAUSZUSCHMUGGELN!
BRAVO!
ICH VERMUTE, UNSER AUFTRAG WIRD SEIN, DIE SPUR DIESES SCHURKEN AUFZUNEHMEN...
DAS WIRD VIELLEICHT NICHT NOTWENDIG SEIN... EINER UNSERER KONTAKTE IM ROULE PALACE GLAUBT, EINEN AUSLÄNDISCHEN AGENTEN UNTER DEN GÄSTEN DES HOTELS AUSGEMACHT ZU HABEN.
ES SCHEINT FÜR MORGEN EIN AUSTAUSCH GEPLANT ZU SEIN. SIE WERDEN DANN IN AKTION TRETEN!
DÜRFEN WIR, FALLS NOTWENDIG, UNSERE SPEZIALKRÄFTE EINSETZEN?
SELBSTVERSTÄNDLICH!

KRAAAK
¡¡¡¡¡¡k
KRAAAK
¡¡¡k!
¡¡¡¡¡k!!
Pi Pi Pi
PLATSH
PLATSH
PLATSH
KRAAA
RUHIG, MEINE KÜKEN! GEWITTER DAUERN BEI UNS NIE SEHR LANGE...
Pi Pi Pi
¡¡¡k
...REGEN! MAN SIEHT JA NICHTS...
VORSICHT! DER AST!
BLEIB AUF DER SPUR!!
BROMPF

CLONG!!
??
UND?
TJA, WIR SIND IM GRABEN GELANDET UND HABEN EINEN FELSEN GERAMMT.
SEHR SCHÖN... DU WIRST SCHIEBEN MÜSSEN...
KANN ICH IHNEN IRGENDWIE HELFEN?
?
?
MEIN KLEINER, ICH WEISS NICHT, WAS DEINE ELTERN DAVON HIELTEN, WENN SIE DICH IN GUMMISTIEFELN, SCHLAFANZUG UND ÖLJACKE BEI DIESEM SAUWETTER HIER DRAUSSEN SEHEN KÖNNTEN, ABER...
ABER DA DU ES SO FREUNDLICH ANBIETEST, BIN ICH EINVERSTANDEN, DASS DU MIR HILFST DAS AUTO ZU SCHIEBEN.
ROUUUM ROUUM ROUM
VRIIIIII

VROOOUUUUM
VR!!!!!
NOCH MAL! ICH GLAUBE, DASS DIE RÄDER LANGSAM WIEDER GREIFEN!
VROAAAR
DANKE, MEIN JUNGE. WIE HEISST DU?
GUSTAVE, ABER DIE MEISTEN NENNEN MICH »GUS«.
Roule Palace
MEIN VATER IST FÜR DIE VÖGEL IM ROULE PALACE VERANTWORTLICH! WIR WOHNEN IN DEM HAUS AM ENDE DES WEGES AUF DER RECHTEN SEITE.
NUN JA, GUS, ICH BIN ERFREUT DEINE BEKANNTSCHAFT GEMACHT ZU HABEN!
ICH BIN EMIL! EMIL GLACÈRE!
UND ICH ÉMILE! ÉMILE GLACÈRE!
WIR SIND ZWILLINGE!
UND JETZT AB INS BETT. DU HAST UM DIESE ZEIT WIRKLICH NICHTS DRAUSSEN IM REGEN VERLOREN!
GANZ GENAU!
LOS, BEEIL DICH!
Palace
??

Am nächsten Tag...
ESSSLEBENDIMARIIIII
An der Hotelrezeption...
NNNEFFFLIGERRRR
WAS SAGT DER VOGEL??
ER SAGT: »ES LEBEN DIE MARINE-FLIEGER«, MISTER SWAMP...
LEVESQUE WAR DAS MASKOTTCHEN EINES BEGLEITSCHIFFS MIT WASSER-FLUGZEUGEN, DAS...
WELL! SEINE TREUE ZU DEN ALTEN WAFFENGEFÄHRTEN IST SEHR LOBENSWERT...
ABER ES IST DENNOCH EIN WENIG SCHOCKIEREND, NICHT WAHR? DIESES WUNDERVOLLE HOTEL MIT ALL DIESEN BUNTEN VÖGELN, UND NICHT EINER VON IHNEN SPRICHT ENGLISCH?
MAN SOLLTE DIESES PROBLEM AN MONSIEUR GERVAISE WEITERLEITEN, NICHT?
SICHERLICH, MISTER SWAMP!
HHH! HHM! HUST! HUST!
??
TOC TOC TOC
BEWEG DICH, EMIL! SIE KOMMT GERADE VORBEI!
HÄH? WAS? WO DENN?

SIE GEHT RICHTUNG VOLIEREN.
DA! DAS IST DER AUSTAUSCH! SIE LÄSST IHRE TASCHE ZURÜCK UND NIMMT DIE VON IHREM KOMPLIZEN AUF!
DU KÜMMERST DICH UM IHN, WÄHREND ICH IHR FOLGE!

BLAFF'U!
CRONTSH!!
ARHHH
KLANG
ARHHH
AAAiii!!
OUMPF!
SAK
EURGH!
MPF
SPIONAGEABWEHR VON NEW CHERBOURG
Es wird darum gebeten, diese beiden Gauner nicht zu befreien. Danke
17

SCHNELL! ICH MUSS ÉMILE HELFEN DIE DOKUMENTE ZURÜCKZUBEKOMMEN.
DA IST ER!
KOMMT GAR NICHT INFRAGE!
WIE BITTE, NICHT INFRAGE? ABER ICH BIN DIENSTLICH UNTERWEGS! SCHAUEN SIE DOCH, MEINE MARKE VON DER SPIONAGEABWEHR!
INSISTIEREN SIE NICHT, ICH WERDE IHNEN DAS ZIMMER VON MISS FULTON NICHT ÖFFNEN. UND GENAUSO WENIG WERDE ICH IHNEN MEINE UNIFORM LEIHEN...
WAS IST LOS?
DIE SPIONIN IST ZURÜCK AUF IHREM ZIMMER, ABER DIESER DUMMKOPF WEIGERT SICH UNS ZU HELFEN!!
DARAN SOLL'S NICHT SCHEITERN, WIR GEHEN ÜBERS DACH...
WELCHES ZIMMER IST ES?
DAS... DAS DRITTE NACH OSTEN...
SEHR GUT, NICHT TRÖDELN.

BLOMM
TSH
BRACACAM
BLAFF!

POP!
PAW!
PAW
PAW
PAW
PAW
PAW
PAW
PAW
POP!
WAS IST DAS FÜR EINE HEXEREI?!!
POC!
AUU!!
BONG
??
BROMPF!
POP
WO IST DER ANDERE IRRE HIN?!

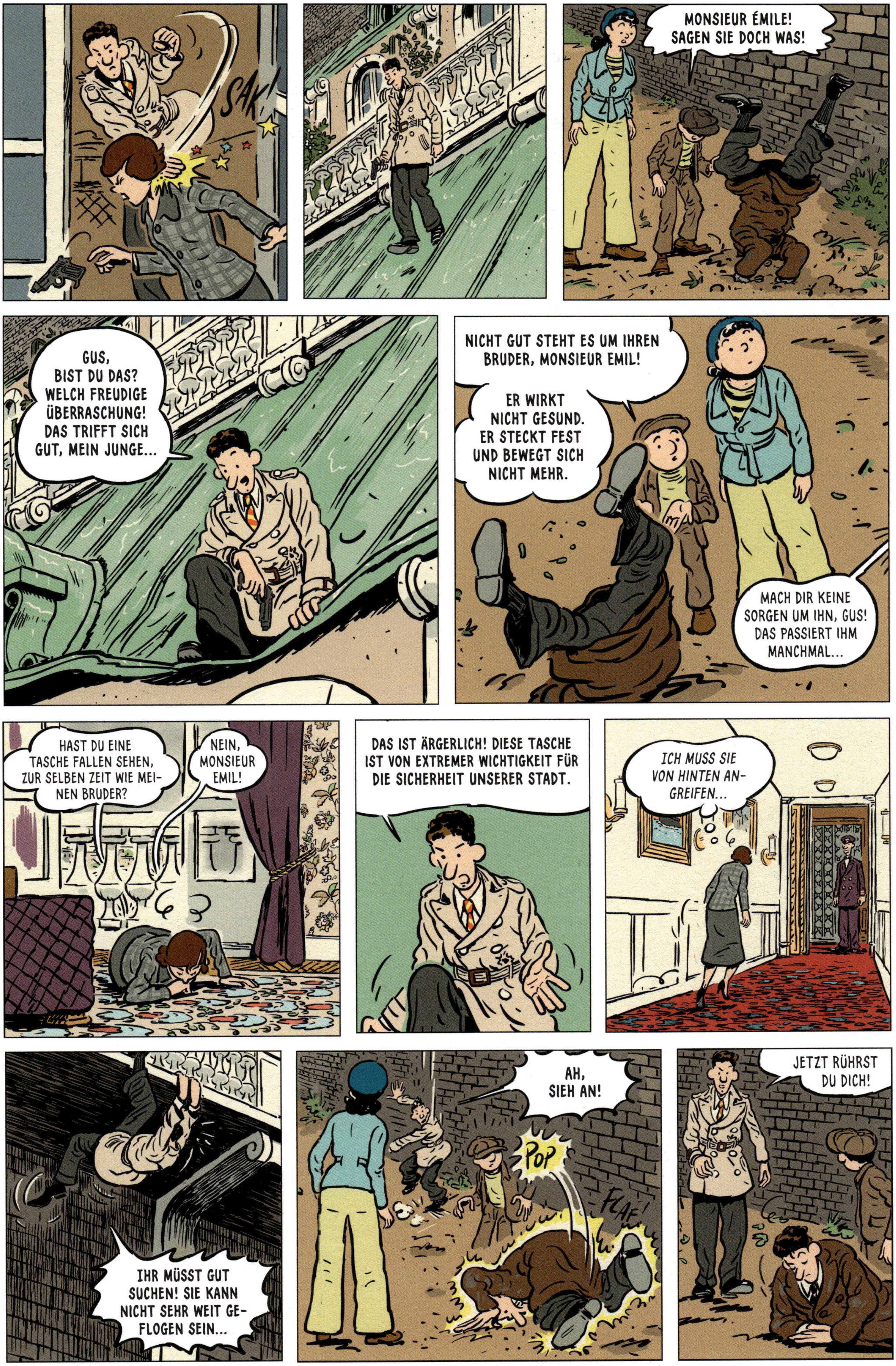
SAK!
MONSIEUR ÉMILE! SAGEN SIE DOCH WAS!
GUS, BIST DU DAS? WELCH FREUDIGE ÜBERRASCHUNG! DAS TRIFFT SICH GUT, MEIN JUNGE...
NICHT GUT STEHT ES UM IHREN BRUDER, MONSIEUR EMIL!
ER WIRKT NICHT GESUND. ER STECKT FEST UND BEWEGT SICH NICHT MEHR.
MACH DIR KEINE SORGEN UM IHN, GUS! DAS PASSIERT IHM MANCHMAL...
HAST DU EINE TASCHE FALLEN SEHEN, ZUR SELBEN ZEIT WIE MEI-NEN BRUDER?
NEIN, MONSIEUR EMIL!
DAS IST ÄRGERLICH! DIESE TASCHE IST VON EXTREMER WICHTIGKEIT FÜR DIE SICHERHEIT UNSERER STADT.
ICH MUSS SIE VON HINTEN AN-GREIFEN...
IHR MÜSST GUT SUCHEN! SIE KANN NICHT SEHR WEIT GE-FLOGEN SEIN...
AH, SIEH AN!
POP
FLAF
JETZT RÜHRST DU DICH!

Palace
ICH HAB SIE!
NEIN, HAST DU NICHT!
PAFF!
AUA!!

DIE SEILBAHN FÄHRT OHNE SIE AB! WIR HABEN SIE!
DING DING DING
JULIENNE! GEHT'S?
JA, BRÜDERCHEN! ABER SO KOMMT SIE NICHT DAVON!
Roule Palace
??
Roule Palace
Roule Palace

Roule Palace
DIESE VERFLUCHTE HEXE ERWISCHT DIE TRAM NOCH!
602
ODEON
ENTSCHULDIGEN SIE, MONSIEUR, ABER ICH MUSS DRINGEND IHR FAHRRAD AUSLEIHEN!
ABER, MADE-MOISELLE!? DAS IST GANZ AUSGESCHLOSSEN!
MADEMOISELLE! KOM-MEN SIE ZURÜCK!
DAS WÄRE GESCHAFFT. DAS WASSERFLUGZEUG ERWARTET MICH UND KEINER KANN MICH NOCH EINHOLEN.
LA PRESSE
GUTE GÜTE! IST DIE WEIT WEG!

* Der moderne Apparat heißt STAKK – Halten Sie Ihre schönsten Momente fest

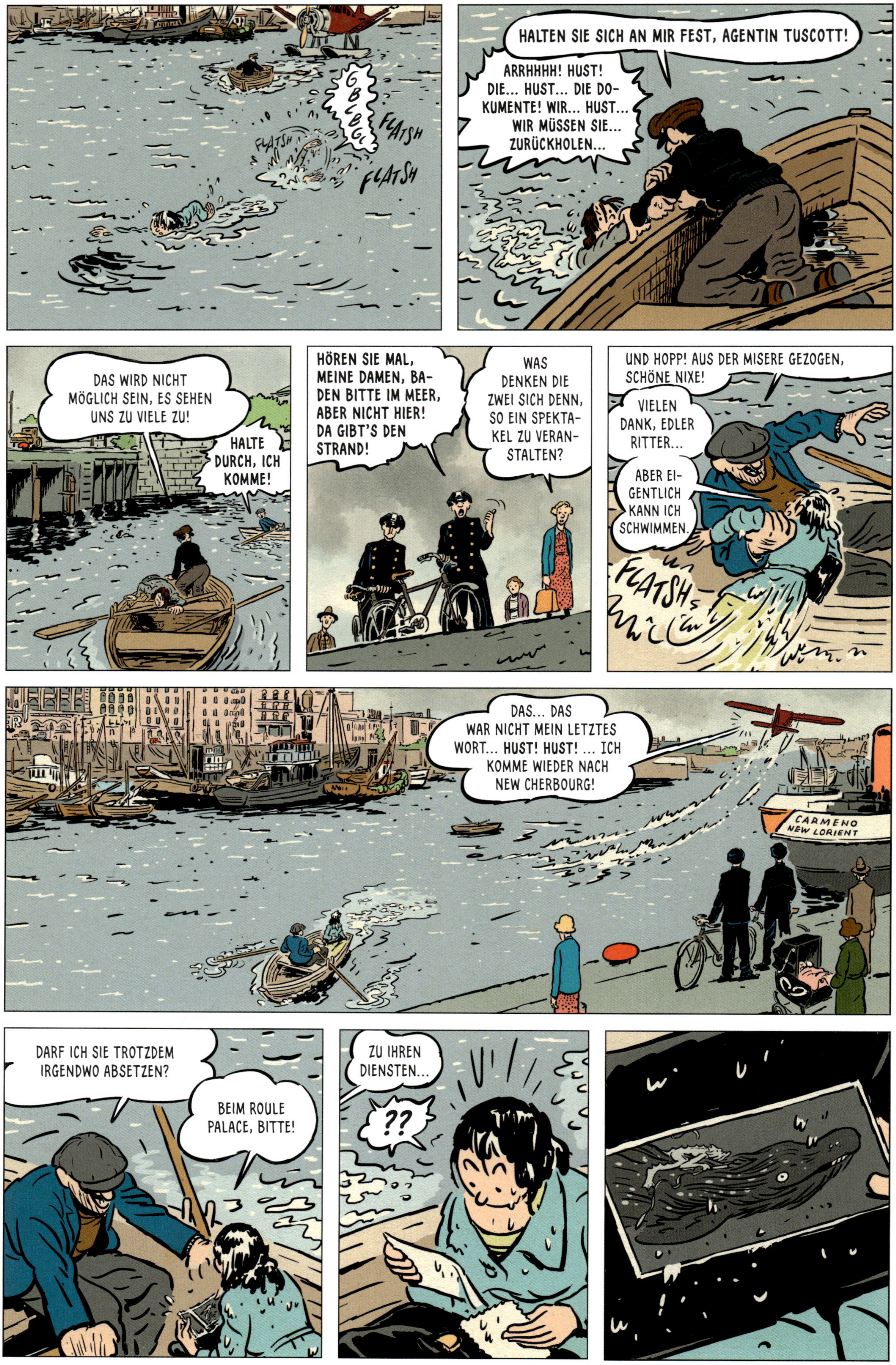
GBGBGL
FLATSH
FLATSH
FLATSH
HALTEN SIE SICH AN MIR FEST, AGENTIN TUSCOTT!
ARRHHHH! HUST! DIE… HUST… DIE DOKUMENTE! WIR… HUST… WIR MÜSSEN SIE… ZURÜCKHOLEN…
DAS WIRD NICHT MÖGLICH SEIN, ES SEHEN UNS ZU VIELE ZU!
HALTE DURCH, ICH KOMME!
HÖREN SIE MAL, MEINE DAMEN, BADEN BITTE IM MEER, ABER NICHT HIER! DA GIBT'S DEN STRAND!
WAS DENKEN DIE ZWEI SICH DENN, SO EIN SPEKTAKEL ZU VERANSTALTEN?
UND HOPP! AUS DER MISERE GEZOGEN, SCHÖNE NIXE!
VIELEN DANK, EDLER RITTER…
ABER EIGENTLICH KANN ICH SCHWIMMEN.
FLATSH
DAS… DAS WAR NICHT MEIN LETZTES WORT… HUST! HUST! … ICH KOMME WIEDER NACH NEW CHERBOURG!
CARMENO NEW LORIENT
DARF ICH SIE TROTZDEM IRGENDWO ABSETZEN?
BEIM ROULE PALACE, BITTE!
ZU IHREN DIENSTEN…
??

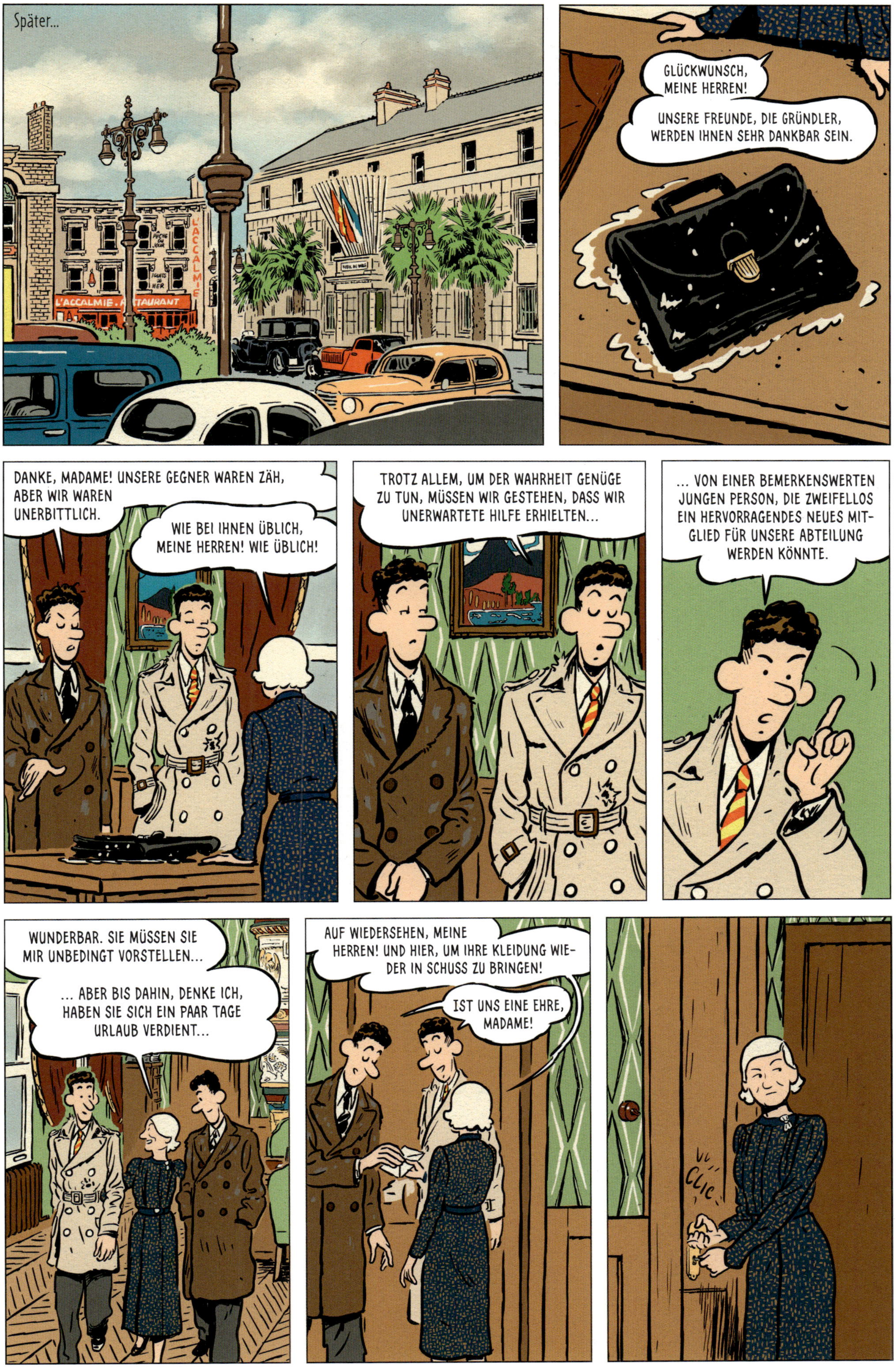

Später...
GLÜCKWUNSCH, MEINE HERREN!
UNSERE FREUNDE, DIE GRÜNDLER, WERDEN IHNEN SEHR DANKBAR SEIN.
DANKE, MADAME! UNSERE GEGNER WAREN ZÄH, ABER WIR WAREN UNERBITTLICH.
WIE BEI IHNEN ÜBLICH, MEINE HERREN! WIE ÜBLICH!
TROTZ ALLEM, UM DER WAHRHEIT GENÜGE ZU TUN, MÜSSEN WIR GESTEHEN, DASS WIR UNERWARTETE HILFE ERHIELTEN...
... VON EINER BEMERKENSWERTEN JUNGEN PERSON, DIE ZWEIFELLOS EIN HERVORRAGENDES NEUES MITGLIED FÜR UNSERE ABTEILUNG WERDEN KÖNNTE.
WUNDERBAR. SIE MÜSSEN SIE MIR UNBEDINGT VORSTELLEN...
... ABER BIS DAHIN, DENKE ICH, HABEN SIE SICH EIN PAAR TAGE URLAUB VERDIENT...
AUF WIEDERSEHEN, MEINE HERREN! UND HIER, UM IHRE KLEIDUNG WIEDER IN SCHUSS ZU BRINGEN!
IST UNS EINE EHRE, MADAME!
CLIC

CLIC
GRuuu
TRETET EIN, MEINE FREUNDE!
GOTT SEI DANK, HABEN WIR DIE AKTE WIEDERGEFUNDEN.
WIR SIND SEHR FROH DARÜBER.
DAS IST BESSER SO.
JA...
... DIE WELT IST NOCH NICHT BEREIT, VON EURER EXISTENZ ZU ERFAHREN...

Roule Palace

Einige Wochen später...
BROO
ALSO, ES STEHT FEST? DU BEGLEITEST UNS NICHT?
NEIN DANKE!
DU WEISST, WIE ICH ES HASSE NASS ZU WERDEN!
UND DANN IST EUER GEFÄHRT WIRKLICH WINZIG!
ICH MÖCHTE NICHT, DASS MEINETWEGEN DER SAUERSTOFF KNAPP WIRD!
ICH GEHE MIR LIEBER IN DER STADT EINE NEUE WESTE KAUFEN.
VERSUCHEN SIE AUF JEDEN FALL HIER ZU SEIN, WENN WIR MIT DEM PROFESSOR ZURÜCKKOMMEN...
JAWOHL, KOMMANDANT!
BLOB BLO
BLUB
BLUB
BL
BLU BL

DURCHHALTEN, MÄDELS! NOCH ZWEI KILOMETERCHEN VOLLES TEMPO, DANN MACHEN WIR EINE PAUSE...
?!
VROOOO
PASST AUF! EIN BOOT HÄLT AUF EUCH ZU!
DIESER TROTTEL HAT UNS NICHT GESEHEN!
VROOOOO
HE! MANN! ACHTUNG! DA SIND SCHWIMMERINNEN!
STOPP!! ANHALTEN!!
VROOOOO
VROO
JULIENNE! SIE SIND ES, HAB ICH MICH ALSO NICHT GETÄUSCHT! MIR SCHIEN, ICH HÄTTE IHRE GRUPPE IN DER FERNE ERKANNT!
??
VERFLUCHTER IRRER! SIE HÄTTEN UNS BEINAHE ALLE ERTRÄNKT!

AH! JULIENNE! SIE HABEN GANZ RECHT, IHRE KONDITION SO ZU TRAINIEREN! BEI IHREN NEUEN AUFGABEN WERDEN SIE DIE BRAUCHEN, GLAUBEN SIE MIR!
DIE MISSIONEN, MIT DENEN UNS DIE SPIONAGEABWEHR BETRAUT, VERLANGEN EINWANDFREIE KÖRPERLICHE UND GEISTIGE FÄHIGKEITEN...
JULIENNE! KENNST DU DIESEN DUMMKOPF??
ABER HÖREN SIE DOCH MAL ZU!!
DURCH DIE WELLEN, DIE SIE ERZEUGT HABEN, MUSSTEN WIR ALLE WASSER SCHLUCKEN!
AH? HOPPLA! TUT MIR LEID!
VERSCHWINDEN SIE! LASSEN SIE UNS UNSER TRAINING BEENDEN!
FEIN, ICH DRÄNG MICH NICHT LÄNGER AUF!
BIS BALD, JULIENNE!
VROooo
BLUGLUB
BLLLGLB
BLUGBLUB
GL BL

ZWEI EIFERSÜCHTIGE HOHE OFFIZIERE DUELLIEREN SICH MIT PISTOLEN IM GARTEN DES MARINE-HOSPITALS! LESEN SIE DIE EINZELHEITEN IN LA PRESSE!
HE, KLEINER!
DAS WAR MEIN LETZTES EXEMPLAR! DAS WAR'S FÜR HEUTE...
ACH, DA IST GUS...
HALLO, GUS! BIST DU HIER, UM DIE QUEEN OF NEW WATERFORD ZU SEHEN?
JA... MEINE VÖGEL UND ICH SEHEN UNS GERNE DIE SCHIFFE AM KAI AN.
UND HAST DU KEINE ANGST, DASS DEINE SCHÜTZLINGE MAL FÜR IMMER VERSCHWINDEN??
FLA FLA FLA
DOCH, SICHER... DESWEGEN BELOHNE ICH SIE, WENN SIE ZURÜCKKOMMEN.
DAS HÄLT DIE MEISTEN VON IHNEN NICHT DAVON AB, SICH EINES TAGES FÜR DIE FREIHEIT ZU ENTSCHEIDEN... ABER DIE, DIE BLEIBEN, SIND WIE FREUNDE.
DIESER HIER HEISST CLAUDIUS. ER IST ZWEI JAHRE ALT UND SO SCHLAU WIE EIN AFFE!
DU SPINNST...

IM ERNST, JIMMY! IRGENDWANN ZEIG ICH DIR, WOZU ER IN DER LAGE IST.
ABER NICHT HEUTE... ES IST BALD FÜNF UHR UND ICH MUSS NACH HAUSE.
ICH HAB ALL MEINE ZEITUNGEN VERKAUFT. SOLLEN WIR EIN STÜCK ZUSAMMEN FAHREN?
LISEZ LA PRESSE
WAS WIRD DAS DENN? BRINGST DU IHNEN FLIEGEN BEI?
GENAU!
HA! HA! ACH, GUS! WEISST DU, DU BIST SCHON EIN LUSTIGER VOGEL!
WAS HÄLTST DU DAVON, WENN ICH EINEN FÜR DICH DRESSIERE?
DAS WÜRDEST DU TUN?
CENTRE VILLE
HOPITAL MARITIME
ARSENAL

ICH SEHE UNSERE ESKORTE AN BACKBORD...
DA IST DAS WRACK DER LALA BAMA... WIR SIND DA.
WIR MÜSSEN KURZ WARTEN, BIS DAS WASSER AUS DEN SCHLEUSEN GEPUMPT IST!

MEINE FREUNDE! SEID WILLKOMMEN EMIL!
DARF ICH IHNEN PLONK VORSTELLEN, FORSCHER UND DIPLOMAT VON UNSEREN FREUNDEN, DEN GRÜNDLERN.
FREUT MICH, SIE AUF DER LALA BAMA EMPFANGEN ZU DÜRFEN.
SEHR ERFREUT, MONSIEUR PLONK.
GRÜSS DICH, CHEF. GUTEN TAG, PLONK! FREUT MICH, WIEDER AN BORD DIESES SCHIFFS KOMMEN ZU DÜRFEN.
DAS VOLK DER GRÜNDLER IST FASZINIEREND... ES GIBT SO VIELES, WAS WIR VON IHNEN LERNEN KÖNNEN!
FOLGEN SIE MIR BITTE! LASSEN SIE MICH IHNEN EINEN ERSTAUNLICHEN ORT UND NOCH WEITERE FREUNDE VORSTELLEN!
SEHEN SIE SICH DIESES HERRLICHE MEERESGEWÄCHSHAUS AN.
FRIGG! NAKA! ICH MÖCHTE EUCH AUF WIEDERSEHEN SAGEN!

DAS IST AGENT EMIL GLACÈRE, DER DAS RATHAUS VON NEW CHERBOURG VERTRITT. ER UND KOMMANDANT CRIQUEBOEUF BEGLEITEN MICH GLEICH AN DIE OBERFLÄCHE.
SEHR SCHÖN! ICH HOFFE, IHR AUFENTHALT BEI UNS WIRD IHNEN IN ANGENEHMER ERINNERUNG BLEIBEN.
SIE SIND HIER JEDERZEIT WILL-KOMMEN...
ES WAR EINE FANTASTISCHE ERFAHRUNG UND ICH HOFFE, DASS DIE VERANTWORTLICHEN VON NEW CHERBOURG MIR ERLAUBEN WERDEN, SIE WIEDER ZU BESUCHEN!
ES GIBT KEINEN GRUND, DASS ES ANDERS SEIN SOLLTE. DIE MÖGLICHKEIT EINES WIS-SENSCHAFTLICHEN AUSTAUSCHS WURDE DEUTLICH IM VERTRAG VON TOURLAVILLE ERWÄHNT...
ÜBRIGENS, WERDEN SIE DIE PROBE DER WUNDHEILENDEN SUBSTANZ MITNEHMEN, DIE WIR WÄHREND IHRES AUFENTHALTS ENTDECKT HABEN?
SEHR GERNE!
DIESE VERBINDUNGEN ZWISCHEN SPEZIES SIND IMMER SEHR AUFREGEND, NICHT WAHR?
EINE KLEINE VEGETARISCHE KRABBE ERNÄHRT SICH VON DEN ABGESTORBENEN TEILEN IHRER ALGEN-FREUNDIN. DADURCH BEFREIT SIE SIE VON IHREN PARASITEN UND GIBT IHR GLEICHZEITIG EIN AGGRES-SIVES AUSSEHEN, DAS SEHR NÜTZ-LICH IST, WENN SIE GEFAHR WITTERT UND BESCHLIESST, SICH UNTER IHREN BLÄTTERN ZU VERSTECKEN...
IN IHREM VERDAUUNGSVORGANG SONDERT SIE EIN ENZYM AB, DAS SIE IM FALL EINES AN-GRIFFS AUSSTÖSST...
UND DIESES ENZYM VERTREIBT IHRE NATÜRLICHEN FEINDE, HILFT DER ALGE BEI IHRER FOTOSYN-THESE...
... UND BESITZT EINE HEI-LENDE WIRKUNG INFIZIERTER WUNDEN BEI ANDEREN ARTEN...

DANKE, FRIGG! ICH HOFFE, DASS DIESER ERSTEN ZUSAMMEN-ARBEIT VIELE WEITERE FOLGEN WERDEN.
EINEN HÜBSCHEN REGENSCHIRM HABEN SIE DA...
??
DAS IST EIN GESCHENK, DAS WIR VON DER STADT NEW CHERBOURG, ANLÄSSLICH DER VERTRAGSUN-TERZEICHNUNG ERHALTEN HABEN.
WIR HABEN EINE WEILE GEBRAUCHT, UM ZU VERSTEHEN, WOZU DIESES OBJEKT GUT IST.
WO WIR VON GESCHENKEN SPRECHEN...
ERINNERN SIE SICH AN DIE FLASCHEN DES ROTEN GEBRÄUS, DIE SIE UNS GESCHENKT HABEN...
DEN CHÂTEAU PÉTRUS 1921??
NUN JA, ICH HABE ETWAS VON UNSEREM ENZYM BEIGEMISCHT UND ICH FINDE, DASS ES SEINEN GE-SCHMACK VERBESSERT HAT.
DAS GIBT IHM EINE GEWISSE SALZNOTE, DAS STEHT FEST!
DAS IST GUT, NICHT??
UND STELLEN SIE SICH VOR: DAS ENZYM WIRKT NOCH, ABER PRÄVENTIV.

HALLO, JULIENNE!
ICH BIN ES WIEDER! ICH HAB AUF SIE GEWARTET.
??
??
NACHDEM ICH SIE VORHIN GETROFFEN HATTE, SAGTE ICH MIR, DASS SIE SICHER ETWAS BEUNRUHIGT WÄREN WEGEN MORGEN... SCHLIESSLICH IST DAS IHRE ERSTE OFFIZIELLE MISSION... UND SIE HABEN SICHER VIELE FRAGEN, DIE SIE STELLEN WOLLEN. ICH HABE GLEICH EINE WICHTIGE VERABREDUNG MIT MEINEM BRUDER. ABER DANACH KÖNNEN WIR DEN ABEND MITEINANDER VERBRINGEN UND...
??
POP
GIFLE!!
AUTSCH!!
FFFFF
ÉMILE, SIE... SIE SIND UNMÖGLICH!
IST DAS EINER DEINER NEUEN KOLLEGEN?
LEIDER...
POP
ABER WIESO... **KRACK... PFFT...** JULIENNE... **PTT!** ... GEHEN SIE DOCH NICHT EINFACH SO, JULIENNE...

Einige Stunden später...
HAMMM
BIST DU SCHON LANGE HIER? ICH HABE NICHT MAL UNSEREN ALTEN SESSEL QUIETSCHEN HÖREN.
ICH HABE MICH GANZ VORSICHTIG GESETZT...
ICH WOLLTE DICH NICHT WECKEN.
DER TAG WAR ANSTRENGEND. DER BAU DER NEUEN VOLIERE FÜR DAS ROULE PALACE. UND ALS ICH NACH HAUSE GEKOMMEN BIN, HAT GUS AUF MICH GEWARTET UND WOLLTE RATSCHLÄGE VON MIR, WIE ER SEINE VÖGEL DRESSIEREN KANN.
WIR HABEN EINE STUNDE DRAUSSEN DAMIT ZUGEBRACHT, EINER SEINER MÖWEN BEIZUBRINGEN ZU VERSUCHEN, SICH AUF EINER ENTFERNTEN SITZSTANGE NIEDERZULASSEN...
... UND DANN HAT ER MIR NOCH DAS VERSPRECHEN EINES FLUGS IM LUFTSCHIFF ABGERUNGEN, MORGEN IN DER MITTAGSPAUSE...
MÖCHTEST DU UNS VIELLEICHT BEGLEITEN?
LEIDER KANN ICH MORGEN NICHT, ICH TRETE MEINE NEUE STELLE AN... UND WAS GUS ANGEHT, DU SOLLTEST DICH VON DIESER KLEINEN ROTZNASE NICHT SO EINWICKELN LASSEN...
ACH! IM GEGENZUG HAT ER DIE AUFGABE, UNS HEUTE ABEND EIN FESTMAHL ZUZUBEREITEN...
WENN DAS SO IST, HAB ICH NICHTS GESAGT!
ZU TISCH!!

Arsenal von New Cherbourg, am folgenden Tag...
Der Staatssekretär der Marine und des Heeres ist auf Inspektionsbesuch...
WAS FÜR EINE SCHEUSSLICHE REGION...
STÄNDIG IM SPRÜH-REGEN ERTRÄNKT.
ICH FRAGE MICH, WIE AUSGEGLICHENE MENSCHEN EIN SOLCHES GRAUEN ERTRAGEN KÖNNEN...
NICHT WAHR, MADAME? SIE SIND DOCH MEI-NER ANSICHT?
GESTERN WAR SCHÖNES WETTER, HERR MINISTER...
DAS STIMMT!

ACH, SIE NEHMEN MICH DOCH AUF DEN ARM! ICH BIN SICHER, DASS SIE BEIDE VON EINER VERSETZUNG AUS DIESER TRISTESSE TRÄUMEN!
ICH VERSICHERE IHNEN, DASS MIR DAS ABSOLUT NICHTS BEDEUTET...
MIR AUCH NICHT!
FEIN! VERSCHWENDEN WIR KEINE ZEIT MIT DEM LÄSTIGEN THEMA IHRES MISERABLEN WETTERS...
WO IST NUN DIESES BERÜHMTE MONSTER, MIT DEM MAN MIR SEIT MONATEN IN DEN OHREN LIEGT?
NICHT, JULIENNE!
WIR MÜSSEN DRAUSSEN WARTEN...
TEUFEL! FAST HÄTT ICH'S VERGEIGT!
ABER ES IST MEINE SCHULD. ICH WOLLTE MIR JA GESTERN ABEND DIE WERTVOLLEN RATSCHLÄGE VON ÉMILE NICHT ANHÖREN...
WIE DEM AUCH SEI, DIESE ERSTE MISSION ALS SCHIRMTRÄGERIN IST SCHON HÖLLISCH AUFREGEND...
KLANG!
OHA!
ICH GEBE ZU, DAS TIER IST DOCH RECHT UNGEWÖHNLICH!

SAGEN SIE MIR, ADMIRAL: WEISS MAN VON EINER VERGLEICHBAREN ENTDECKUNG IRGENDWO AUF DER WELT?
ICH DENKE, NICHT, HERR MINISTER.
UND WEISS MAN, WAS DAS STRANDEN DIESES DINGS VERURSACHT HAT?
NEIN, HERR MINISTER.
LAUT UNSEREN FREUNDEN, DEN GRÜNDLERN, KÖNNEN DIE MEISTEN MITGLIEDER DER WALFAMILIE, DANK IHRER FÄHIGKEIT UNTERWASSERECHOS ZU ANALYSIEREN, HINDERNISSE WAHRNEHMEN. LEIDER IST DAS BEI DEN FELLWALEN NICHT SO... DIE DARÜBER HINAUS ZIEMLICH SCHLECHT SEHEN. ES IST ZWEIFELLOS DIE DOMESTIZIERUNG DURCH DIE GRÜNDLER, DIE DIESE ART GERETTET HAT...
ABER ICH HABE MIR TROTZDEM FEST VORGENOMMEN TIEFSEEBRILLEN ZU ERFINDEN, UM DIESEN TIEREN ZU HELFEN...
HHHM!!
WOBEI, WER WEISS SCHON, WAS IM SCHÄDEL EINES FISCHS VORGEHT?
SICHERLICH NICHT SEHR VIEL, NICHT WAHR?
SCHADE, DASS SEIN ZUSTAND UNS NICHT ERLAUBT FESTZUSTELLEN, OB SEIN FLEISCH GENIESSBAR IST. DIE HARPUNE, DIE IN SEINEM RÜCKEN STECKT, SCHEINT DARAUF HINZUWEISEN, DASS BESTIMMTE VÖLKER DIESES TIER JAGEN...
ENTWEDER UM ES ZU ESSEN ODER WEIL ES GEFÄHRLICH IST...
ZWEIFELLOS WÄRE ES KLUG, IHRE GEREGELTE BEJAGUNG ZU ORGANISIEREN!
WENN SIE EINE BEMERKUNG ERLAUBEN, HERR MINISTER. ES IST VIELLEICHT VERFRÜHT DIESE ART ALS WIRTSCHAFTLICHE RESSOURCE ZU BETRACHTEN, WO UNS NUR EIN EINZIGES EXEMPLAR DAVON BEKANNT IST...
SIE HABEN RECHT, ADMIRAL! EINE SCHWÄCHE VON MIR: DIE IDEEN SPRUDELN NUR SO AUS MEINEM KOPF UND ES GEHT MIT MIR DURCH!
VON DIESER ENTDECKUNG, SO AMÜSANT SIE AUCH SEI, DÜRFEN WIR UNS NICHT ABLENKEN LASSEN.

DAS IST SEHR NETT VON DIR, MICH UNTER DEINEN SCHIRM ZU NEHMEN!
IST DOCH KLAR, KOMMANDANT. WO SIE DOCH AUCH DAZU VERURTEILT WURDEN, DRAUSSEN ZU WARTEN...
SO IST ES NUN MAL. DIE DIENERSCHAFT MUSS WISSEN, WO IHR PLATZ IST...
MAN SPÜRT FÖRMLICH, DASS SIE GLAUBEN, WAS SIE SAGEN...
UND DU BIST ALSO DIE TOCHTER VON COLLENOT, DEM CHEFVOGELFÄNGER VOM ROULE!?
KENNEN SIE IHN?
SEHR GUT. WIR DIENTEN ZUSAMMEN ZWEI JAHRE IN AFRIKA. ICH GLAUBE SOGAR, DASS SEINE LIEBE ZU BUNTEN VÖGELCHEN AUS DIESER ZEIT STAMMT.
HAB ICH DAS RICHTIG VERSTANDEN, DASS DAS MONSTER VON QUERQUEVILLE IN DIESEM GEBÄUDE AUFBEWAHRT WIRD?
GANZ GENAU! ABER ES IST NICHT WIRKLICH EIN MONSTER! NUR EINE UNBEKANNTE ART DER WALFAMILIE!
UND DER STAATSSEKRETÄR DER MARINE IST NACH NEW CHERBOURG GEKOMMEN, UM ES SICH ANZUSEHEN?
DAS IST EIN GRUND SEINES BESUCHS, JA. ABER DADRINNEN SPIELT SICH ETWAS ANDERES AB.
ACH?
TATSÄCHLICH SIND DA DREI PERSONEN, DIE ABZUSCHÄTZEN VERSUCHEN, OB SIE EINER ANDEREN EIN GEHEIMNIS ANVERTRAUEN KÖNNEN.
WAS DENN! TRÄUMST DU?
DER SCHIRM! BEEIL DICH!
ICH MUSS NOCH DIE MARINEFLIEGERBASIS VON QUERQUEVILLE INSPIZIEREN UND ICH WILL NICHT VOLLKOMMEN DURCHNÄSST ENDEN!
GRMBBLL! ABGESEHEN VON DEN SELTSAMEN BIESTERN, DIE SIE IM MEER FINDEN, IST ES WIRKLICH NICHT LUSTIG BEI IHNEN, DAS MÜSSEN SIE ZUGEBEN!

BEREIT, CLAUDIUS?
SUCH DAS KÜGELCHEN.
FLAP
LOS!
Hiiip
Hiiip
Hiiip

FLAP
WAS DENN, DU WILLST NOCH EINEN HAPPEN?
OBWOHL DU NICHTS BEMERKT HAST?
PIII PIII
KOMM, ICH ZEIG'S DIR...
SETZ DICH HIERHIN...
TAP TAP
SIEH HER, CLAUDIUS! DIE KISTE!
DU MUSST SIE RUNTERWERFEN, UM SIE ZU ÖFFNEN.

SO, MIT DEINEM SCHNABEL…
BLOK
DU SAMMELST ES AUF…
DU BRINGST ES ZU MIR…
UND HOPP, NOCH EINEN HAPPEN!
KWAKWAK!! KAKAKWAK!!
DAS IST DER MOTOR VON PAPAS AUTO. ER KOMMT UNS ABHOLEN!
WIR MÜSSEN DAS ALLES VERSTECKEN!
GUS! BIST DU BEREIT?
AH, WARST DU HINTERM HAUS?? BEEIL DICH, DER WIND HAT EIN BISSCHEN NACHGELASSEN.
DAS IST VIELLEICHT DIE GELEGENHEIT, ABZUHEBEN!
SUPER! ICH HABE FÜR ALLE FÄLLE EIN PAAR SANDWICHES VORBEREITET!

45 Minuten später...
Roule Palace
SIEH NUR, CLAUDIUS! ICH FLIEGE AUCH!
MACH DAS FENSTER ZU, GUS! WIR ERFRIEREN!
YEEAAHHH!
DANKE, PAPA! DAS IST MAGISCH!
ES IST ANDERS ALS EIN FLUG BEI GUTEM WETTER! ES HAT ETWAS IRREALES.
DAS STIMMT, MEIN JUNGE! ABER ICH HABE LIEBER KLARES WETTER...
... MIT GERADE MAL EIN PAAR WOLKEN, DIE ABWECHSELND VOR DER SONNE VORBEIZIEHEN, UND EINER ANGENEHMEN BRISE... DANN SPIEGELN SICH ALLE NUANCEN DES MEERES UND VERMISCHEN SICH MIT DEM RELIEF DES MEERESGRUNDS...
MAN HAT DEN EINDRUCK, DIE KRAFT DER STRÖMUNGEN ZU ERRATEN, MAN SIEHT WIE DIE SCHAUMKRONEN DER WELLEN SELTSAME LINIEN ZIEHEN...
AN MANCHEN TAGEN HABE ICH SOGAR GEDACHT, FANTASTISCHE TIERE ZU SEHEN!

Am Abend...
HAST DU *LA PRESSE* GELESEN, RAYMOND?? JULES, DER HUNDERTJÄHRIGE AUS MARTINVAST IST IN DER NACHT VON DIENSTAG AUF MITTWOCH GESTORBEN.
ACH JA?
SEINE FRAU AUCH? ICH DACHTE, DIE WAR SCHON GESTORBEN?
GENAU. JETZT SIND ALLE BEIDE WITWER...
FERNAND! MACHST DU MIR NOCH EINEN!
NEIN, NORBERT, TUT MIR LEID! DU HAST FÜR HEUTE GENUG GETRUNKEN. AB JETZT KRIEGST DU VON MIR NICHTS MEHR.
... ES SEI DENN, DU WILLST WASSER.
WAS-SER?
JA, DU WEISST SCHON: DAS FLÜSSIGE ZEUG, ZU DEM MAN SALZ HINZUFÜGT UND DAS DAZU DIENT, DIE OZEANE ZU FÜLLEN.
BAHH!
SIE WOLLEN IHM NICHT MEHR ERZÄHLEN ?
NEIN, NICHT WIRK-LICH.
GEHT MIR GE-NAUSO, CHEF! DIESEM KERL IST NICHT ZU TRAUEN!
STIMMT, ER WIRKT NICHT BESON-DERS HELLE.
LANGSAM, FREUNDE. IHR REDET IMMERHIN VON EINEM FAST-MINISTER!
SIE HABEN RECHT, ÉMILE, DIESER HERR HAT DEN RANG EINES MINISTERS...
... UND TROTZDEM DARF MAN DAS SCHICKSAL DER GRÜNDLER NICHT IN DIE HÄNDE EINES TROTTELS LEGEN.
GENAU!
DAS SCHICKSAL DES VOLKS DER GRÜNDLER LIEGT IHNEN WIRK-LICH AM HERZEN, NICHT WAHR, KOMMANDANT?
MEINE KLEINE, ICH KENNE DEINEN ALTEN HERRN GUT UND ICH MAG DICH... DARUM WERD ICH DIR VON MEINER ERSTEN BEGEGNUNG MIT DEN TIERCHEN ERZÄHLEN...

ES WAR ENDE DES FRÜHJAHRS VOR DREI JAHREN. ZU DER ZEIT WAR ICH NOCH BEI DER MARINE. ICH DIENTE AN BORD EINES KLEINEN PATROUILLENBOOTS VOR DER KÜSTE...
WIR HATTEN ZWEI MATROSEN AN BORD, BRÜDER, DIE NICHT GANZ RICHTIG TICKTEN. DAS WAREN ÜBLE BURSCHEN, BISSIG WIE KRANKE ALTE HUNDE, UND KEINER KONNTE SIE BESONDERS LEIDEN.
ES PASSIERTE REGELMÄSSIG, DASS SIE SICH IN EINER ECKE AUF DEM BOOT VERSTECKTEN, UM HEIMLICH ZU TRINKEN. UND DAS VERBESSERTE IHREN CHARAKTER NICHT GERADE.
GEGEN DREI UHR AN JENEM TAG ENTDECKEN SIE EINE KABELLÄNGE ENTFERNT ZWEI FISCHERBOOTE, DIE RUHIG DAHINTREIBEND DABEI SIND, MAKRELEN AN DER LEINE ZU FISCHEN...
SIE ERKENNEN SOFORT EINEN COUSIN VON IHNEN, MIT DEM SIE WEGEN EINER ERBSCHAFTSGESCHICHTE ZERSTRITTEN SIND. IHR BLUT GERÄT SOFORT IN WALLUNG UND SIE BESCHLIESSEN PROMPT IHN ZU VERSENKEN, WIE SIE ES SICH SCHON OFT GESCHWOREN HABEN.
LUCILLE

SIE GEHEN ZUNÄCHST ZUM WASSERBOMBENWERFER AM HECK UND WERFEN ZWEI BOMBEN, IN DER HOFFNUNG, DASS SIE DEN RUMPF DES FISCHERBOOTS ERREICHEN.
ABER DIE WASSERBOMBEN SIND FÜR U-BOOTE GEDACHT UND EXPLODIEREN ZU TIEF.
DIE FONTÄNEN SIND BEEINDRUCKEND, ABER DIE WELLEN KITZELN DIE FISCHERBOOTE GERADE MAL EIN WENIG.
DAS ENTMUTIGT DIE BEIDEN BRÜDER NICHT, DIE SOGLEICH ZUR 102-MM-KANONE EILEN...
AUF DEM WEG BEGEGNEN SIE DEM SEHR AUFGEBRACHTEN WACHHABENDEN OFFIZIER. ABER ER HAT KEINE GELEGENHEIT, ZU MECKERN, UND KRIEGT ZWEI MESSERSTICHE AB: IM GESICHT UND IM BAUCH.

BEIM GESCHÜTZ ANGEKOMMEN ENTFERNEN DIE BEIDEN BRÜDER DIE KANONIERE, UM DEREN PLÄTZE EINZUNEHMEN...
... UND ZIELEN AUF DAS BOOT IHRES COUSINS.
SIE VERFEHLEN ES, ABER VERSENKEN DAS ANDERE.
DANN ZIELEN SIE AUF EINES DER BORD-MASCHINENGEWEHRE UND JAGEN ES MIT DEM ERSTEN SCHUSS IN DIE LUFT.

ZU DIESEM ZEITPUNKT, ZWISCHEN ERTRINKENDEN FISCHERN, DEN BEIDEN HINTER IHRER KANONE VERSCHANZTEN IRREN, DEN VERSCHLUNGENEN METALLSTRUKTUREN AUF DER BRÜCKE DES PATROUILLENBOOTS UND DEN VERLETZTEN HIE UND DA…
… DAS WAR EIN SCHÖNES DURCHEINANDER, DAS KANNST DU MIR GLAUBEN.
ZU UNSEREM GLÜCK HATTEN DIE BEIDEN WASSERBOMBEN, ALS SIE IN DER TIEFE EXPLODIERTEN, EINE GRUPPE GRÜNDLER AUFGESCHRECKT, DIE AUF IHREN FELLWALEN RITTEN…
SIE SIND NICHT BÖSARTIG, ABER FÜNF MINUTEN SPÄTER WAREN SIE AN BORD.
UND DAS WAR GUT SO, DENN INZWISCHEN HATTEN DIE BEIDEN BRÜDER BEI DEM VERSUCH, EIN ZWEITES MASCHINENGEWEHR ZU NEUTRALISIEREN, EIN LECK IM RUMPF DES PATROUILLENBOOTS VERURSACHT.
IN KÜRZESTER ZEIT HATTEN DIE GRÜNDLER DIE SITUATION ÜBERBLICKT UND DAS PROBLEM GEKLÄRT.

DIE GERETTETEN JENES TAGES WERDEN IHNEN NOCH LANGE DANKBAR SEIN...
UND UM IHREN NEUEN FREUNDEN KEINE PROBLEME ZU BEREITEN, HABEN SIE ÜBER DIE GANZE ANGELEGENHEIT STILLSCHWEIGEN BEWAHRT.
ICH ERZÄHL ES DIR, DENN, NACHDEM DU DIE AKTE ÜBER DIE GRÜNDLER GELESEN HAST, IST DAS IM PRINZIP DAS EINZIGE, WAS DU NOCH NICHT ÜBER SIE WUSSTEST.
UM DER REGIERUNG VON NEW PARIS DEN VERLUST DES PATROUILLENBOOTS ZU ERKLÄREN, HABEN WIR EINE GESCHICHTE ERFUNDEN... UND SEITDEM SCHEUEN WIR UNS, MEHR ZU ERZÄHLEN.
VERSTEHE. LEBE GLÜCKLICH, ABER VERBORGEN.
JA.
ALSO WAS DEN HERRN MINISTER ANGEHT, SIND WIR UNS ALLE EINIG.
SELBST ADMIRAL PÉTONCLE??
JA... DER ADMIRAL HAT MIR IM VERTRAUEN GESAGT, WAS ER VOM MINISTER HÄLT. ICH WERDE ES NICHT WIEDERHOLEN, ABER MAN KANN DAVON AUSGEHEN, DASS ER UNSERER ANSICHT IST...

Bahnhof von New Cherbourg, am nächsten Tag...
HERR MINISTER, WIR WÜNSCHEN IHNEN EINE ANGENEHME RÜCKREISE IN DIE HAUPTSTADT. IHR BESUCH WAR EINE GROSSE EHRE FÜR UNSERE STADT.
JA, VERSTEHE ICH ...
DAS WAR ETWAS ABWECHSLUNG IN IHREM MONOTONEN ALLTAG.
ABER DAS IST SCHON IN ORDNUNG, DASS ICH IHNEN DIESE KLEINE ABLENKUNG BEREITE. DIE INSPEKTIONSREISEN SIND TEIL DER PFLICHTEN EINES MINISTERS.
ANDERERSEITS RUFEN MICH ANDERE, WICHTIGERE NACH NEW PARIS, UND ES IST HÖCHSTE ZEIT, SIE ZU VERLASSEN.
VOITURE GOUVERNEMENTALE
AUF WIEDERSEHEN, HERR MINISTER.
HABE DIE EHRE, MADAME.
FEIN! WORAUF WARTET DER ZUG? VERLASSEN WIR DIESES KAFF.
ES IST SO WEIT, HERR MINISTER, WIR FAHREN AB.
ES REGNET NICHT MEHR!
ABER DER WIND KOMMT VON WESTEN: ER WIRD AUF DER GANZEN REISE SPRÜHREGEN HABEN...

Zur gleichen Zeit...
KAUFEN SIE LA PRESSE.
CINEMA Pathé
CENTRALE
DAS MEERESLABOR VON NEW CHERBOURG ENTDECKT EINE MYSTERIÖSE SUBSTANZ MIT VIELVERSPRECHENDEN MEDIZINISCHEN EIGENSCHAFTEN!!
DIE EINZELHEITEN IN UNSERER HEUTIGEN AUSGABE!!
STEAKHOUSE
LA PRESSE
HIER, JUNGE!
DANKE, MONSIEUR!
PRESSE
HALLO, JIMMY! LÄUFT DAS GESCHÄFT?
HE! HALLO, GUS!
HAB HEUTE NICHTS ZU MECKERN. WIR HABEN ZWEI AUFMACHER.
DEN OFFIZIELLEN BESUCH DES MINISTERS UND DIE ENTDECKUNG EINES MEDIKAMENTS.
UND DU? DU HAST MIR VON EINER BESONDEREN DRESSUR FÜR CLAUDIUS ERZÄHLT! GEHT'S VORAN?
ES IST N CHT EINFACH, ABER ICH DENKE, IN EIN PAAR WOCHEN HABEN WIR DEN DREH RAUS. WENN DU BEREIT BIST MITTEN IN DER NACHT AUFZUSTEHEN, LADEN WIR DICH ZUR SHOW EIN.
EPICERIE
HÖR MAL, JUNGE! SPIEL WOANDERS MIT DEINEN DRECKIGEN BIESTERN, DIE SIND HIER NICHT WILLKOMMEN!
IST GUT, HERR POLIZIST!

Drei Wochen später... Zwei Uhr morgens, Quai de France...
WAS WILLST DU, MÖWE? WAS SCHLEICHST DU HIER RUM?
VER-SCHWINDE!

LASS MICH GEFÄLLIGST IN RUHE!
IIIK! IEEEK!
AH! NA ALSO!
HIER, CLAUDIUS! DANK DEINER HILFE KONNTEN WIR UNBE-MERKT HIER HOCHKOMMEN.
UND JETZT KOMMEN WIR ZU DEN ERNSTEN DINGEN!
ICH HABE EINE LUXUSSUITE MIT OFFENEM FENSTER ENTDECKT. DRINNEN IST KEIN LICHT.
ENTWEDER SCHLAFEN DIE BEWOHNER ODER SIE AMÜSIEREN SICH IM BALL-SAAL.
SAG MAL, GUS! BIST DU SICHER, DASS DAS EINE GUTE IDEE IST, WAS WIR HIER MACHEN?
DU BIST DRAN, CLAUDIUS!

TOC
PLOK
NEIN, CLAUDIUS. DAS IST ES NICHT! FLIEG ZURÜCK!
PFFF!
TOC

TING
?
BRAVO, CLAUDIUS! DU BIST EIN HELD!
ALSO, JIMMY, WAS HÄLTST DU DAVON?
ICH... ICH WEISS NICHT!
MEIN SCHMUCK! DIEBE!
HILFE! ICH WURDE BESTOHLEN!
WIR... WIR KOMMEN INS GEFÄNGNIS!!
ACH WAS, BERUHIG DICH! WIR VERSCHWINDEN!
BALADAM
BALADAM
NICHT SO SCHNELL, TAUGENICHTS! ZEIG MIR, WAS DU IN DEINEN TASCHEN HAST.

LOS! GIB MIR DAS, HÖRST DU?
AUA! LASSEN SIE MICH LOS!
BAFF
BOK!
JULIENNE?
ICH HABE DEN EINDRUCK, DASS DU NICHT GANZ UNBETEILIGT BIST AN DEM GANZEN AUFRUHR, DEN MAN AUF DEM SCHIFF HÖRT!
KOMM, TRÖDELN WIR NICHT HIER RUM...
Wenig später...
HAST DU MICH ÜBERWACHT?
JA! SEIT DEM ABEND, AN DEM ICH MÖWENFEDERN IN MEINEM ZIMMER ENTDECKT HABE...
ICH HAB EIN BISSCHEN HERUMGESCHNÜFFELT UND DIE HOLZFASSADE GEFUNDEN, DIE DU GEBAUT HAST...
JETZT GIB MIR, WAS DU GESTOHLEN HAST! ICH WERDE DAFÜR SORGEN, DASS ES UNAUFFÄLLIG ZURÜCKKOMMT...
DANKE, KLEINER BRUDER.
WEISST DU, NUR WEIL MAMA MIT EINEM REICHEN GAST DES ROULE PALACE ABGEHAUEN IST, KANNST DU DICH NICHT AN JEDEM MILLIONÄR RÄCHEN, DER HIER VORBEIKOMMT.
SIEH AN, DEIN KUMPEL JIMMY. ICH GLAUBE, DER HATTE DEN SCHRECK SEINES LEBENS.
YEP! GLAUBE ICH AUCH!
DU LIEBE GÜTE! DAS WÄRE EINE HEFTIGE SCHLAGZEILE FÜR *LA PRESSE* GEWESEN!
WENN MAN BEDENKT, DASS DU IN DER ERSTEN REIHE WARST UND KEIN WORT ERZÄHLEN KANNST!
ENDE DER EPISODE